進香集

—徐訏文集—

新詩卷

導言　徬徨覺醒：徐訏的文學道路

陳智德

「個人的苦悶不安，徬徨無依之感，正如在大海狂濤中的小舟。」[1]

——徐訏〈新個性主義文藝與大眾文藝〉

在二十世紀四、五十年代之交，度過戰亂，再處身國共內戰意識形態對立夾縫之間的作家，應自覺到一個時代的轉折在等候著，尤其在當時主流的左翼文壇以外，被視為「自由主義作家」或「小資產階級作家」的一群，包括沈從文、蕭乾、梁實秋、張愛玲、徐訏等等，一整代人在政治旋渦以至個人處境的去與留之間徘徊，最終作出各種自願或不由自主的抉擇。

1 徐訏〈新個性主義文藝與大眾文藝〉，收錄於《現代中國文學過眼錄》，台北：時報文化，一九九一。

一

一九四六年八月，徐訏結束接近兩年間《掃蕩報》駐美特派員的工作，從美國返回中國，直至一九五〇年中離開上海奔赴香港，在這接近四年的歲月中，他雖然沒有寫出像《鬼戀》和《風蕭蕭》這樣轟動一時的作品，卻是他整理和再版個人著作的豐收期，他首先把《風蕭蕭》交給由劉以鬯及其兄長新近創辦起來的懷正文化社出版，據劉以鬯回憶，該書出版後，「相當暢銷，不足一年，（從一九四六年十月一日到一九四七年九月一日），印了三版」[2]，其後再由懷正文化社或夜窗書屋初版或再版了《阿剌伯海的女神》（一九四六年初版）、《烟圈》（一九四六年初版）、《蛇衣集》（一九四八年初版）、《幻覺》（一九四八年初版）、《四十詩綜》（一九四八年初版）、《兄弟》（一九四七年再版）、《母親的肖像》（一九四七年再版）、《生與死》（一九四七年再版）、《春韮集》（一九四七年再版）、《一家》（一九四七年再版）、《海外的鱗爪》（一九四七年再版）、《舊神》（一九四七年再版）、《成人的童話》（一九四七年再版）、《西流集》（一九四七年再版）、潮來的時候（一九四八年再版）、《黃浦江頭的夜月》（一九四八年再版）、《吉布賽的誘惑》（一九四九再版）、《婚事》（一九四九年再版）[3]，粗略統計從一九四六年至一九四九年這三年間，徐訏在上海出版和再版的著作達三十多種，成果

---

2 劉以鬯〈憶徐訏〉，收錄於《徐訏紀念文集》，香港：香港浸會學院中國語文學會，一九八一。

3 以上各書之初版及再版年份資料是據賈植芳、俞元桂主編《中國現代文學總書目》、北京圖書館編《民國時期總書目，一九一一－一九四九》。

可算豐盛。

《風蕭蕭》早於一九四三年在重慶《掃蕩報》連載時已深受讀者歡迎，一九四六年首次結集成單行本出版，沈寂的回憶提及當時讀者對這書的期待：「這部長篇在內地早已是暢銷一時的名著，可是淪陷區的讀者還是難得一見，也是早已企盼的文學作品」[4]，當劉以鬯及其兄長創辦懷正文化社，就以《風蕭蕭》為首部出版物，十分重視這書，該社創辦時發給同業的信上，即頗為詳細地介紹《風蕭蕭》，作為重點出版物。徐訏有一段時期寄住在懷正文化社的宿舍，與社內職員及其他作家過從甚密，直至一九四八年間，國共內戰愈轉劇烈，幣值急跌，金融陷於崩潰，不單懷正文化社結束業務，其他出版社也無法生存，徐訏這階段整理和再版個人著作的工作，無法避免遭遇現實上的挫折。

然而更內在的打擊是一九四八至四九年間，主流左翼文論對被視為「自由主義作家」或「小資產階級作家」的批判，一九四八年三月，郭沫若在香港出版的《大眾文藝叢刊》第一輯發表〈斥反動文藝〉，把他心目中的「反動作家」分為「紅黃藍白黑」五種逐一批判，點名批評了沈從文、蕭乾和朱光潛。該刊同期另有邵荃麟〈對於當前文藝運動的意見——檢討．批判．和今後的方向〉一文重申對知識份子更嚴厲的要求，包括「思想改造」。雖然徐訏不像沈從文般受到即時的打擊，但也逐漸意識到主流文壇已難以容納他，如沈寂所言：「自後，上海一些左傾的報紙開始對他批評。他無動於衷，直至解放，輿論對他公開指責。稱《風蕭蕭》歌頌特務。他也不辯論，知道自己不可能再在上海逗留，上海也不會再允許他曾從事一輩子的寫作，就捨別妻女，

4 沈寂〈百年人生風雨路——記徐訏〉，收錄於《徐訏先生誕辰100週年紀念文選》，上海：上海社會科學院出版社，二〇〇八。

離開上海到香港。」[5]一九四九年五月二十七日，解放軍攻克上海，中共成立新的上海市人民政府，徐訏仍留在上海，差不多一年後，終於不得不結束這階段的工作，在不自願的情況下離開，從此一去不返。

二

一九五〇年的五、六月間，徐訏離開上海來到香港。由於內地政局的變化，其時香港聚集了大批從內地到港的作家，他們最初都以香港為暫居地，但隨著兩岸局勢進一步變化，他們大部份最終定居香港。另一方面，美蘇兩大陣營冷戰局勢下的意識形態對壘，造就五十年代香港文化刊物興盛的局面，內地作家亦得以繼續在香港發表作品。徐訏的寫作以小說和新詩為主，來港後亦寫作了大量雜文和文藝評論，五十年代中期，他以「東方既白」為筆名，在香港《祖國月刊》及台灣《自由中國》等雜誌發表〈從毛澤東的沁園春說起〉、〈新個性主義文藝與大眾文藝〉、〈在陰黯矛盾中演變的大陸文藝〉等評論文章，部份收錄於《在文藝思想與文化政策中》、《回到個人主義與自由主義》及《現代中國文學過眼錄》等書中。

徐訏在這系列文章中，回顧也提出左翼文論的不足，特別對左翼文論的「黨性」提出質疑，也不同意左翼文論要求知識份子作思想改造。這系列文章在某程度上，可說回應了一九四八、四九年間中國大陸左翼文論的泛政治化觀點，更重要的，是徐訏在多篇文章中，以自由主義文藝的

5 沈寂〈百年人生風雨路——記徐訏〉，收錄於《徐訏先生誕辰100週年紀念文選》，上海：上海社會科學院出版社，二〇〇八。

觀念為基礎，提出「新個性主義文藝」作為他所期許的文學理念，他說：「新個性主義文藝必須在文藝絕對自由中提倡，要作家看重自己的工作，對自己的人格尊嚴有覺醒而不願為任何力量做奴隸的意識中生長。」[6]徐訏文藝生命的本質是小說家、詩人，理論鋪陳本不是他強項，然而經歷時代的洗禮，他也竭力整理各種思想，最終仍見頗為完整而具體地，提出獨立的文學理念，尤其把這系列文章放諸冷戰時期左右翼意識形態對立、作家的獨立尊嚴飽受侵蝕的時代，更見徐訏提出的「新個性主義文藝」所倡導的獨立、自主和覺醒的可貴，以及其得來不易。

《現代中國文學過眼錄》一書除了選錄五十年代中期發表的文藝評論，包括《在文藝思想與文化政策中》和《回到個人主義與自由主義》二書中的文章，也收錄一輯相信是他七十年代寫成的回顧五四運動以來新文學發展的文章，集中在思想方面提出討論，題為「現代中國文學的課題」，多篇文章的論述重心，正如王宏志所論，是「否定政治對文學的干預」[7]，而當中表面上是「非政治」的文學史論述，「實質上具備了非常重大的政治意義：它們否定了大陸的文學史論述」[8]，徐訏所針對的是五十年代至文革期間中國大陸所出版的文學史當中的泛政治論述，動輒以「反動」、「唯心」、「毒草」、「逆流」等字眼來形容不符合政治要求的作家；所以王宏志最後提出《現代中國文學過眼錄》一書的「非政治論述」，實際上「包括了多麼強烈的政治含義」。這政治含義，其實也就是徐訏對時代主潮的回應，以「新個性主義文藝」所倡導的獨立、

6 徐訏〈新個性主義文藝與大眾文藝〉，收錄於《現代中國文學過眼錄》，台北：時報文化，一九九一。
7 王宏志〈心造的幻影——談徐訏的《現代中國文學的課題》〉，收錄於《歷史的偶然：從香港看中國現代文學史》，香港：牛津大學出版社，一九九七。
8 同前註。

自主和覺醒，抗衡時代主潮對作家的矮化和宰制。

《現代中國文學過眼錄》一書顯出徐訏獨立的知識份子品格，然而正由於徐訏對政治和文藝的清醒，使他不願附和於任何潮流和風尚，難免於孤寂苦悶，亦使我們從另一角度了解徐訏文學作品中常常流露的落寞之情，並不僅是一種文人性質的愁思，而更由於他的清醒和拒絕附和。一九五七年，徐訏在香港《祖國月刊》發表〈自由主義與文藝的自由〉一文，除了文藝評論上的觀點，文中亦表達了一點個人感受：「個人的苦悶不安，徬徨無依之感，正如在大海狂濤中的小舟。」[9]放諸五十年代的文化環境而觀，這不單是一種「個人的苦悶」，更是五十年代一輩南來香港者的集體處境，一種時代的苦悶。

三

徐訏到香港後繼續創作，從五十至七十年代末，他在香港的《星島日報》、《星島週報》、《祖國月刊》、《今日世界》、《文藝新潮》、《熱風》、《筆端》、《七藝》、《新生晚報》、《明報月刊》等刊物發表大量作品，包括新詩、小說、散文隨筆和評論，並先後結集為單行本，著者如《江湖行》、《盲戀》、《時與光》、《悲慘的世紀》等。香港時期的徐訏也有多部小說改編為電影，包括《風蕭蕭》（屠光啟導演、編劇，香港：邵氏公司，一九五四）、《傳統》（唐煌導演、徐訏編劇，香港：亞洲影業有限公司，一九五五）、《痴心井》（唐煌導演、

[9] 徐訏〈自由主義與文藝的自由〉，收錄於《個人的覺醒與民主自由》，台北：傳記文學出版社，一九七九。

王植波編劇，香港：邵氏公司，一九五五）、《鬼戀》（屠光啟導演、編劇，香港：麗都影片公司，一九五六）、《盲戀》（易文導演、徐訏編劇，香港：新華影業公司，一九五六）、《後門》（李翰祥導演、王月汀編劇，香港：邵氏公司，一九六〇）、《江湖行》（張曾澤導演、倪匡編劇，香港：邵氏公司，一九七三）、《人約黃昏》（改編自《鬼戀》，陳逸飛導演、王仲儒編劇，香港：思遠影業公司，一九九六）等。

徐訏早期作品富浪漫傳奇色彩，善於刻劃人物心理，如〈鬼戀〉、〈吉布賽的誘惑〉、〈精神病患者的悲歌〉等，五十年代以後的香港時期作品，部份延續上海時期風格，如《江湖行》、《後門》、《盲戀》，貫徹他早年的風格，另一部份作品則表達歷經離散的南來者的鄉愁和文化差異，如小說《過客》、詩集《時間的去處》和《原野的呼聲》等。

從徐訏香港時期的作品不難讀出，徐訏的苦悶除了性格上的孤高，更在於內地文化特質的堅守，拒絕被「香港化」。在《鳥語》、《過客》和《癡心井》等小說的南來者角色眼中，香港不單是一塊異質的土地，也是一片理想的墓場、一切失意的觸媒。一九五〇年的《鳥語》以「失語」道出一個流落香港的上海文化人的「雙重失落」，而在《癡心井》的終末則提出香港作為上海的重像，形似卻已毫無意義。徐訏拒絕被「香港化」的心志更具體見於一九五八年的《過客》，自我關閉的王逸心以選擇性的「失語」保存他的上海性，一種不見容於當世的孤高，既使他與現實格格不入，卻是他保存自我不失的唯一途徑。[10]

徐訏寫於一九五三年的〈原野的理想〉一詩，寫青年時代對理想的追尋，以及五十年代從上

[10] 參陳智德《解體我城：香港文學1950-2005》，香港：花千樹出版有限公司，二〇〇九。

海「流落」到香港後的理想幻滅之感：

多年來我各處漂泊，
唯願把血汗化為愛情，
遍灑在貧瘠的大地，
孕育出燦爛的生命。

但如今我流落在污穢的鬧市，
陽光裡飛揚著灰塵，
垃圾混合著純潔的泥土，
花不再鮮豔，草不再青。

海水裡漂浮著死屍，
山谷中蕩漾著酒肉的臭腥，
潺潺的溪流都是怨艾，
多少的鳥語也不帶歡欣。

茶座上是庸俗的笑語，

市上傳聞著漲落的黃金，
戲院裡都是低級的影片，
街頭擁擠著廉價的愛情。

此地已無原野的理想，
醉城裡我為何獨醒，
三更後萬家的燈火已滅，
何人在留意月兒的光明。

「原野的理想」代表過去在內地的文化價值，在作者如今流落的「污穢的鬧市」中完全落空，面對的不單是現實上的困局，更是觀念上的困局。這首詩不單純是一種個人抒情，更哀悼一代人的理想失落，筆調沉重。〈原野的理想〉一詩寫於一九五三年，其時徐訏從上海到香港三年，由於上海和香港的文化差距，使他無法適應，但正如同時代大量從內地到香港的人一樣，他從暫居而最終定居香港，終生未再踏足家鄉。

四

司馬長風在《中國新文學史》中指徐訏的詩「與新月派極為接近」，並以此而得到司馬長風的正面評價，[11]徐訏早年的詩歌，包括結集為《四十詩綜》的五部詩集，形式大多是四句一節，隔句押韻，一九五八年出版的《時間的去處》，收錄他移居香港後的詩作，形式上變化不大，仍然大多是四句一節，隔句押韻，大概延續新月派的格律化形式，使徐訏能與消逝的歲月多一分聯繫，該形式與他所懷念的故鄉，同樣作為記憶的一部份，而不忍割捨。

在形式以外，《時間的去處》更可觀的，是詩集中〈原野的理想〉、〈記憶裡的過去〉、〈時間的去處〉等詩流露對香港的厭倦、對理想的幻滅、對時局的憤怒，很能代表五十年代一輩南來者的心境，當中的關鍵在於徐訏寫出時空錯置的矛盾。對現實疏離，形同放棄，皆因被投放於錯誤的時空，卻造就出《時間的去處》這樣近乎形而上地談論著厭倦和幻滅的詩集。

六七十年代以後，徐訏的詩歌形式部份仍舊，卻有更多轉用自由詩的形式，不再四句一節，隔句押韻，這是否表示他從懷鄉的情結走出？相比他早年作品，徐訏六七十年代以後的詩作更精細地表現哲思，如《原野的理想》中的〈久坐〉、〈等待〉和〈觀望中的迷失〉、〈變幻中的蛻變〉等詩，嘗試思考超越的課題，亦由此引向詩歌本身所造就的超越。另一種哲思，則思考社會和時局的幻變，《原野的理想》中的〈小島〉、〈擁擠著的群像〉以及一九七九年以「任子楚」

---

11 司馬長風《中國新文學史（下卷）》，香港：昭明出版社，一九七八。

為筆名發表的〈無題的問句〉，時而抽離、時而質問，以至向自我的內在挖掘，尋求回應外在世界的方向，尋求時代的真象，因清醒而絕望，卻不放棄掙扎，最終引向的也是詩歌本身所造就的超越。

最後，我想再次引用徐訏在《現代中國文學過眼錄》中的一段：「新個性主義文藝必須在文藝絕對自由中提倡，要作家看重自己的工作，對自己的人格尊嚴有覺醒而不願為任何力量做奴隸的意識中生長。」[12]時代的轉折教徐訏身不由己地流離，歷經苦思、掙扎和持續的創作，最終以倡導獨立自主和覺醒的呼聲，回應也抗衡時代主潮對作家的矮化和宰制，可說從時代的轉折中尋回自主的位置，其所達致的超越，與〈變幻中的蛻變〉、〈小島〉、〈無題的問句〉等詩歌的高度同等。

＊陳智德：筆名陳滅，一九六九年香港出生，台灣東海大學中文系畢業，香港嶺南大學哲學碩士及博士，現任香港教育學院文學及文化學系助理教授，著有《解體我城：香港文學1950-2005》、《地文誌——追憶香港地方與文學》、《抗世詩話》以及詩集《市場，去死吧》、《低保真》等。

[12] 徐訏〈新個性主義文藝與大眾文藝〉，收錄於《現代中國文學過眼錄》，台北：時報文化，一九九一。

目次

鐘聲

是殘燈邊的花影，
橫對著夜色憔悴。
那裡有多少鐘聲
在我的年齡上徘徊？

這時我猜定了是你，
從我的過去逃回，
說多少以往的我，
在路角路尾流淚！

那麼難道我的青春，
未曾留下過嬌美？

還有我長年的夢，
也會在過去路上粉碎？

多年前我也曾有花，
如今還是心上蓓蕾，
難道在我已逝的過去，
已被你詛咒得枯萎？

否則是因我今夜的疲乏，
失眠，心悸與懺悔，
就被你判定了我過去
也是這樣的在受罪。

到底我有多少年齡，
在過去鐘聲裡徘徊？
是殘燈邊的人影，
橫對著夜色憔悴。

一九四二，一，四，夜尾。上海。

夢

過去我對天狂笑，
笑你糊塗笑你癡，
多少星星裡的夢，
你竟會一點不知！

於是我看見了風，
看見了煙霧與雨，
我看見你踏著落花，
唱著愉快的歌歸去。

此後我就有夢，
夢見你已經上天，

伴著星星裡的夢，
在天國裡纏綿。

如今你憔悴地回來，
說你在沙漠上播種，
帶著一身灰土與汗，
竟未收獲到一個春夢。

所以我不禁攬鏡狂笑，
笑我糊塗笑我癡，
笑我過去的夢，
竟會這樣的幼稚。

一九四二，一，四，殘夜。上海。

元旦初詩

是多少年的哀怨，
結成了今宵的寂寞，
叫我狂歡的夜裡，
孤獨地在街頭躑躅。

世上雖有甜言蜜語，
安慰我凡塵裡的軀殼，
但竟無人探詢，
我靈魂在何處漂泊。

十年來，在燦爛的田野中，
我節省了多少花紅草綠，

如今嚴冬的河岸，
竟無處尚留有春色。

此後我再無神祕的夢，
在蕭條的靈魂上摸索，
我只有可憐的幻想，
在茫茫的天外寥落。

一九四二，元旦殘夜。上海。

鄉感

火燒淨了的鄉村，
再看不見一個人跡，
只有深谷裡一兩聲鳥啼，
驚落了樹上的殘葉。

黃土裡埋著村中父老，
餓狗在那裡尋食，
偶有忍辱的村女摸回，
在墳頭偷灑淚滴。

遠處的征人未歸，
何來那號角嗚咽？

可是要喚起墓裡屍身
列隊，開步，赴敵。

一九四一，一一，八，夜。上海。

孤獨

何年，何月，何日，
何時有熟識的雲彩面目？
對天，對星，對月，
對誰訴這份悠久的孤獨？

悄悄東流水從未歸來
探視舊日的人影下落。
唯耿耿長夜裡我聽到，
有無數的海濤對天嚎哭。

多少年黃昏與五更，
終有天空的灰色在我心頭摸索。

而如今淡淡的秋色，
竟會留在我怔忡的胸中起伏。

我欲沖天歸去，
但無處有騰空白鶴。
世上倒是有多少離愁別苦，
願今宵來換取我的孤獨。

一九四一，一二，一二，深夜。上海。

小曲

我懷起常唱的小曲，
到那柳岸邊渡河，
那是淒風淡霧的夜裡，
有星兒將河面點破。

遠處青山無限黑，
可有驢蹄在那裡蹉跎？
最可關念是樹上乳鳥，
等候迷途的父母回窠。

有萬種寂寞從心底飛來，
使我想伴魚兒到水底婆娑，

但這時有岸柳推著夜櫓，
在河水上低低地唱歌。

像有人在岸邊留我，
叫我暫不要匆匆渡河，
原來是我懷中的小曲，
變成了征櫓的夜歌。

一九四一，一一，三〇。上海。

野曲

是何處羌笛，
把芭蕉吹綠？
春花已經開遍，
唯石榴還嫌寂寞。

極目處旅帆數點，
在青山中隱沒，
滿城柳絮如雪，
有多少纏綿耐我思索。

昨夜清風低吟，
像有意消我寂寞，

但多情還是月色，
夜夜在我簾上畫竹。

年來在夢裡消瘦，
多少記憶中俚歌野曲，
如今唯五更殘星，
長記得這一份寥落。

一九四一，一一，九，深夜。上海。

花草

秋光藏著懊惱，
窗戶沒有關好，
於是院中的樹葉，
在風中不斷嘮叨。

這引起故舊的情感，
戀念當初的花草，
記得多少年青春與夢，
寸寸都在那裡消耗。

誰說花兒草兒都好，
但是如今月色已老，

如再等月圓時節，
怕已非昔日的花草。

廟神金身已落，
和尚咒聲正鬧，
我唯有無底的哀怨，
可充今夜的祈禱。

一九四一，一一，三〇。上海。

閑談

是我將門兒忘關，
所以有清風偷進，
誰說因星兒燦爛，
把我的甜夢擾醒。

黃昏時雲濃雲淡，
還有誰能記清；
如今該說天色蔚藍，
所以夜景分外清淨。

那不怪月圓月彎，
也不怪天雨天晴，

只怪我多年疏懶，
所以讓清風偷進。

有多少夜夢留我，
不許我醒來看雲，
那麼難道為星兒燦爛，
使我把門兒忘關？

我乃披衣坐起，
看天空有多少蔚藍，
會使星兒不堪這份寂寞，
要到我門口同我閑談。

一九四，一一，二六，深夜。上海。

聽到

你聽到那隔牆的耳語，
與夜裡的夢話，
還有那清脆的驢蹄聲，
順著山路東去。

你還聽到促織在牆下吟詩，
悄悄地流水東逝，
還有一聲聲猿啼狼嚎，
在深谷的回聲中消逝。

那麼你難道沒有聽到，
我整夜的哀訴，

我訴那田園的寂寞，
門前柳色的煩惱。

還有我天明時候的祈禱，
祈禱我手植的花草，
在悠悠的時間中
都會比我耐老。

一九四〇，三，九。上海。

想像

星兒千萬都在天邊，
獨少了一顆月亮，
這樣的夜裡我最怕鐘聲，
它送來的都是悽涼。

樹林間萬種鳥聲，
唯鴟鴞分外嘹亮，
它問是誰騎驢走過，
蹄聲裡有如許惆悵？

那是多年前的舊事，
我跨著驢背進香，

我在五更時候動身，
天邊還無一絲光亮。

山路上擠滿了信男信女，
人人臂上挽著蠟燭香，
我為人群裡一位虔誠的姑娘，
竟忘了到神廟去進香。

後來他們陸續散盡，
我還在路上惆悵，
悠悠山道沒有信男信女，
只剩我七分人影與三分斜陽。

我終未尋到廟宇，
所以請烏鴉告我方向，
烏鴉遙指天邊，
說那面蠟炬燒得正亮。

但天邊只有一顆星斗，
癡望著大地惆悵，
難道它在天國路上，
也等待那位虔誠的姑娘。

夜來無風無雨，
山上沒有一點聲響，
於是我聽憑驢兒，
在山道上慌張。

曾有多少古寺鐘聲，
引起過我這份想像，
如今唯那魚肚色的天際，
有我帶淚的眼波蕩漾。

一九四一，一二，二七，晨。上海。

中秋漫感

有那垂老的蟋蟀，
在黃土中淺奏，
他滿心的情曲，
留戀那秋草的殘綠。

那麼今夜世上有多少月色，
照著那微黃的樹葉，
在彎曲的樹梢上沉默，
難道竟無人送它一聲嘆息？

這時我心底驟浮起一種寂寞，
十年來竟沒有一個故人

可告訴我鸝鵡塚前的墓碑，
有否在黃土裡湮沒？

那麼還有誰知道我心底的哀怨，
與我靈魂裡的寂寞，
還有我瘦長的人影，
在蒼蒼蘆葦中摸索。

這樣我唯有期待月兒西落，
那時也許有一聲雁啼，
他會叫著我的小名，
在萬里的雲霄外流落。

一九四一，一〇，九，深夜。上海。

回憶

我似乎不曾料到，
今夜會有一份星光，
竟帶著落葉，
來敲我久閉的窗。

它使我從夢中驚醒，
想到了往日的夜歌，
它在樹林裡流落，
在星光中消磨。

那麼林中有多少夜露，
要在寥落的歌中變霜，

還有我怕山上的青翠，
將在風霜裡變成枯黃。

這時候有人知道我癡，
也有人知道我愁，
但無人知道我有嫩綠的夢，
在記憶中憔悴、消瘦。

我再無當日的情感，
把昔日的歌低唱，
於是我聽憑今宵的回憶，
在星光中化作了創傷。

一九四一，一一，二，夜尾。上海。

深秋

誰跨著殘酷的腳步，
在田野裡走過，
把青草化作了黃土，
星兒變成了霜霧。

這裡哪一根草我不熟識，
但今夜我竟成了生客，
那何怪我要嘆息，
再不想在這裡躑躅。

蟬吟蛙唱雖都辜負，
但總尚有熟識的歌；

遠山近樹難道竟無鷓鴣
怨對著霜霧嘀嘟。

多情還是天邊月，
他還我舊識的人影伴我孤獨，
於是我仰望天際，
啊，有風在雲層裡摸索。

一九四一，一〇，二三，夜。上海。

孤島漫感

是流民在路角蹀躞，
還是病婦在牆下暗泣，
在十分寂寞的宇宙中，
又加上一分悽切。

長江撼著落日，
飛車捲著落葉，
有多少冤鬼夜號，
點破那人生在奢侈中幻滅。

東園裡有梨，
西園裡有橘，

拾菓的人兒回去，
僅留下滿地足跡。

人在路途憔悴，
空望倉棧裡層層堆積，
今年倒是有多少殘花的淚，
變成了蜂房裡的秋蜜。

一九四一，一一，五，晨半時。上海。

今夜的夢

在這幽幽的夜裡，
我不願意離開你，
正如飄浮的靈魂，
不願離開它的肉體。

所以我從黝黑的窗口，
飛越那層層的大氣，
帶我今夜的夢，
闖進你甜睡的肉體。

但我夢裡竟無歡笑，
只有哀愁的悽迷，

還有我十年的相思，
與耿耿的怨意。

要是這一份哀愁痛苦，
會打破你夢中的旖旎，
那你稚嫩的心中，
怕有悔恨與不安浮起。

於是你明晨醒時，
知昨夜清淚溼透枕衣，
你雖是萬般熟稔，
但難分是我是你。

那麼請原諒我寂寞，
在這幽幽的夜裡，
讓我痛苦的靈魂，
闖進你安睡的肉體。

最要緊你明晚來時，
莫說今夜有噩夢纏你，
因為一年中良宵有幾，
我們難道夜夜是舊話重提。

一九四一，一二，五，晨一時。上海。

小宇宙

你可曾忘了，
我們的小宇宙，
那時我年輕，
你更年幼。

我們手當作槳，
在心海裡泛舟，
還把無邪的擁吻，
當作過酒。

於是有無數的波浪，
將我們撒開漂流，

但何次的別離，
我忘過小宇宙。

可是你竟把孤槳當舟，
把毒藥當作酒，
輕輕地打碎了，
我們的小宇宙。

所以今天重會，
我開始擔憂，
我會把你的眼波，
當作了當日的酒。

一九四一，一二，二三。上海。

問

問多少雨是淚？
問多少風是哭？
還有多少月色，
哀訴它夜夜孤獨？

我憑一顆破碎的心，
載哀愁萬斛，
經過迢迢的水流，
翻越層層的山壑。

念多少年慷慨談笑，
記憶中只剩驪歌一曲，

難道此地白雲深處，
也無舊識的松柏尚綠？

我再不希冀痛苦的安慰，
與膚淺的歡樂，
我唯求有高貴的寂寞，
今夜在我心頭撫摸。

一九四一，一二，二三，夜宿CM。上海。

淺藍的星兒

有淺藍的星兒，
在天空中變成灰黃，
所以在灰色的林下，
我靜靜地癡望。

多年前我曾有夢，
在淺藍的星尾駛過，
難道為一夜的秋風，
它就流落在林中蹉跎？

有誰把我過去的戀歌，
在星光下面低唱？

難道林下夜遊的牧童，
現在也還未將它遺忘？

村中的牛羊踏平了
多少舊日的墳墓，
何以山外的下弦月，
尚在這樹下婆娑？

秋來有多少夜露，
在我夢中變霜？
那麼可是離人的淚，
凝成了今夜點點星光？

我不怪灰色的林下，
現在鋪滿了哀愁，
因為我有淺藍的夢，
在下弦月裡消瘦。

一九四一，一二，二九，深夜。上海。

床銘

在你的小床上，
我寫了一首小詩，
那是告訴你，
一朵玫瑰的故事。

從前我種過一枝玫瑰，
長得非常嬌美，
可是在她生長時，
竟忘了在身上長刺。

因為她非常嬌美，
我怕她要受罪，

所以有一次我說，
「你身上可要種點刺？」

她說：「你的手上有罪，
什麼事情都不配，
只能在地上寫字，
不能在我身上種刺。」

可是後來這枝玫瑰，
忽然失去了嬌美。
我問：「這是怎麼回事，
你身上多了點刺？」

她說：「只怪你手上有罪，
所以我常常流淚，
那麼何怪蜜蜂多事，
在我身上種刺。」

從此我的心碎，
再不敢種玫瑰，
因為我是一個傻子，
最討厭這個故事。

現在在你小床上，
我寫了這首小詩，
那是告訴你，
好玫瑰要自己長刺。

一九四一，一二，二九，夜尾。上海。

江邊

為那年一夜風雨，
桃花染紅了春江，
如今江頭春色，
哪一份不帶著悽涼？

江楓上晨鳥歌唱，
從無新的花樣，
那麼夜來雖有星光滿天，
哪點是我期望的光亮？

過去年年有多少村姥，
到江邊古寺進香，

還有多少纏綿的寺鐘，
時時在江頭蕩漾？

如今寺僧散盡，
野狐聚居方丈，
房頂上春草萋萋，
空對著風雨斜陽。

唯今晨寺中黃鶯，
歌聲分外嘹亮，
它報告石榴多情，
一夜間紅透了殘牆。

此處再無一個故人，
知我因何惆悵，
那麼我唯聽憑江中春鴨，
低評我的短長。

一九四一，一二，二六，一時。上海。

原諒

請原諒我多感，
原諒我多悲，
原諒我在你
桃色的唇邊流淚。

因為我悽苦的情感，
尋你失去的高貴，
在市井中飄泊，
到現在尚未歸。

還有我寂寞的靈魂，
在悠悠的雲層裡狂飛，

要等到春潮來時，
也許伴著夜月下墜。

有多少多情的夜鶯，
願把它心尖唱碎，
為胸中的愛，
換取天國的一絲光輝。

還有多少勇敢的母親，
在原野裡呻吟受罪，
為腹中的嬰孩，
給她一片微笑的安慰。

那麼請原諒我使你苦，
原諒我使你累，
原諒我使你
深更的夜裡未能安睡。

一九四一，除夕晨一時伏枕。上海。

蕭索

在這茫茫的雪中，
像有人在躑躅；
難道枯枝的影下，
有人來投宿？

我雖曾有甜夢，
在溪頭也在山谷，
但如今在風尾飄零，
不知到何處流落。

還有過去的故事，
僅留下玫瑰一束，

在皚皚的白雪裡，
早化作難堪的蕭索。

我頓悟到童年以來，
我早已孤獨，
那麼是我淡淡的人影，
在茫茫的雪上摸索。

我聽憑今宵如鈎月，
勾起我心底的寂寞，
唯願舊識的星斗，
在天際早已睡熟。

一九四一，一二，三〇，夜尾。上海。

顛沛

皺著眉，
鼓著嘴，
像一條魚
在陸地上受罪。

去年愁，
今年悲，
一次花
只有一次蓓蕾。

春天玫瑰，
秋天木桂，

那麼冬天到時，
再期待寒梅。

昨宵夢，
今夜睡，
我竟疏忽了
窗前燭花枯萎。

怪我倦，
怪我累，
怪我多事的相思
化作憔悴。

額上汗，
眼角淚，
是一份愛
在命運中顛沛。

一九四一，一二，三〇，深夜。上海。

今夕

前宵雨鬧，
昨夜風響，
今夕何夕，
留得三分月亮。

朝朝潮落，
夜夜水漲，
有多少旅愁，
帶回故鄉？

歲首哀愁，
歲尾惆悵，

季季有花，
都非舊識清香。

寒梅已落，
桃葉未長，
這樣的日子，
最易使人斷腸。

待黃鶯啼柳，
春燕繞梁，
那時我再來聽取，
誰的歌聲嘹亮？

一九四一，除夕清晨。上海。

惆悵

滿目春花都殘，
黃昏時有一分斜陽，
多年來孤苦寂寞，
而今才感到悲涼。

往事我不能憶起，
何年的歌聲嘹亮，
年年樓上都有秋風，
但從未帶來花香。

誰說天下的葡萄，
都可釀成佳釀，

如今那美麗的天空，
會引不起我半點想像。

多少白髮與哀愁，
悄悄地在一夜中生長，
那麼十年來的理想與夢，
難道竟成了一生的惆悵。

一九四一，一二，四，深夜。上海。

進香

誰打破我夢，
誰撲滅我燈籠，
誰在我進香的路上
敲著喪鐘？

犬吠，猿啼，雞鳴，
一路來江上有風，
它吹去多少往事，
但掃不盡殘綠殘紅。

遙見廟宇圮塌，
何處尚有神龕；

昊天明月，
空留江底青峰。

此心如長江水，
奔流無窮，
且得長江水流盡，
到江心重溫舊夢。

一九四一，一二，五，深夜。上海。

山峰上的燈

為那山峰上的燈，
我在荊棘中狂奔，
因為多年來我有信仰，
它會帶我進天國的聖門。

我雖也是低微的凡人，
但我有一顆高貴的靈魂，
因此我捧著虔誠的心，
到處問那盞明燈。

路上有山魈低笑，
咒我的信仰該冷，

說到處都是天國，
何苦尋那盞孤燈。

夜鳥譏我太癡，
連連說我愚笨，
還說天下燈光不過火，
哪種火會有神魂？

於是我再不向誰打聽，
也不向廟神求問，
我只是發癡地走，
奔尋那峰上的燈。

但峰上只尋到鬼火，
卻無我期望的燈，
它帶我過憂鬱的樹林，
領我進悽涼的荒墳。

一九四一，一一，二九，上午。上海。

夢境

有一種無可挽救的痛苦，
永遠蝕著我心，
今夜我希望有過去的夢，
讓我做到天明。

但多少寂寞的詩句，
都在舊昔紙上呻吟，
如今再不堪重讀，
何堪在夢裡諦訴？

還有過去慘淡的相思，
曾消蝕我強半的生命；

那裡一滴淚一番記憶，
哪一番記憶更堪重尋？

虹已經在黃昏時消沉，
花已經在昨宵飄零，
今夜遼闊的天空，
也會沒有一顆明星。

那麼誰肯教我夜歌，
讓我對天祈請，
求提早放出上弦月，
給我一種舊識的光明。

真悔不在十年前死去，
免我今宵傷心，
因為那時我有宗教，
為我留著理想的夢境。

一九四一，一二，二，夜底。上海。

無限好

在那片陽光燦爛的土地上，
我種過多少夢當作稻，
想當稻熟的時候，
我的夢也就長得無限好。

今春有燕飛來，
說那面春色無限好，
但稻上並無我夢，
唯天天曝著夕照。

如今那片稻未熟先枯，
問我的夢是否已老，

舊日的土地雖是無限好，
奈五更的殘夢都是煩惱。

一九四一，一一，二八，夜。上海。

無底的哀怨

遊怕秋景蕭瑟，
睡怕夢境顛倒，
何怪風聲雨聲，
夜夜對我嘮叨。

遙念春郊當日，
到處陽光普照，
無數紅男綠女，
一路嬌花芳草。

如今滿地落葉，
聽憑雨打風掃；

水映山色漸黃，
人偕月光俱老。

遠寺香煙已淡，
空山鐘聲長繞；
恕我哀怨無底，
失眠非為夜禱。

一九五三，九，二二。擬舊作。

重會

多年來跨著牛背，
提著燈籠，把笛兒低吹，
訪尋你彷徨的靈魂，
在蹊蹺的山路上徘徊。

想那悠悠的歲月，
月兒是多麼悽涼，
曾經有多少花兒，
在淡淡的哀愁中枯萎。

逃避，別離，蹉跎，
多少次情愛都變成罪，

那何怪年年的青春，
在顛簸的命運中憔悴。

誰知道一生中良宵有幾，
但多未在熟識的枕邊安睡，
把你無數纏綿的情感，
在山花與岸柳間浪費。

那麼當今宵你靈魂與我重會，
何怪惆悵與抑鬱化作懺悔，
唯燈下你眼角上的那滴淚，
記取你過去生命裡的高貴與美。

一九四一，一一，二三，晨。上海。

淡淡歌

蕭蕭雨，蕭蕭風，
青青草，輕輕夢，
我醒時雖已五更，
但月色依然朦朧。

你不談柳梢月，
只說柳頭露華濃，
露華如今已變霜，
但你睡眼還在惺忪。

淡淡哀愁淡淡歌，
哀愁年年濃復濃，

我說柳梢月色還依舊，
你說早流落在北高峰。

北高峰外有夜鼓，
鼓聲裡煙雨濛濛，
它敲枯青青草，
又敲破輕輕夢。

這裡還有誰守舊約，
唯黃昏時柳梢輕風，
它在冬天過後，
會把月下的小花吹紅。

一九四一，一一，二八，夜。上海。

復活

輕帆在遠處漂泊，
問故鄉岸柳可綠？
多少年的理想與夢，
都寄在這輕歌半曲。

這纏綿的歌聲，
曾沉在山谷裡寥落，
到今宵都化作寂寞，
升到這山峰上投宿。

過去別離時的祝福，
與會面時一吻一握，

還有無底無底的相思，
一時都在我心頭摸索。

那麼我要聽你的心底，
到底有幽怨幾斛，
使你在這山峰上，
忍不住這聲哀哭。

我雖有千言萬語，
但一時無從訴說，
唯聽憑舊識的燈光，
在你眼角上摸索。

但你頰上的淚珠，
已使你記憶中星月失色，
因為十年來消失的青春與愛，
一瞬間竟在你淚光中復活。

一九四一，一一，二三，夜。上海。

夜尾

我舐我未乾的血，
像受傷的野鷺，
在黝黑的原野中，
望天庭的星月，
誰憐我今夜的悽惻？

繁星的哀怨，
月兒的寂寞，
都難比我十年來
悽苦的焦思與抑鬱。

它在我血管裡發酵，
在我神經上摸索，

化為今朝的創傷，
在我周身變成了鴆毒。

於是我諦聽
自己心臟的忐忑，
像喪兒的母親
聽墓心嬰屍的啼哭。

我不想有人知道
這哀怨與這寂寞，
那麼難道還有誰曉得
我有破碎的夢在夜尾寥落。

一九四一，一二，一五，夜尾。上海。

心碎

到底世上有誰，
知我今夜心碎？
不在床上安眠，
來到山巔假睡。

究竟是時間無情，
還是空間多累，
多少山頭白骨，
同候遊子遠歸。

世上善良的靈魂，
隨時可變成有罪；

何怪無數的情愛，
可從未有過甜美。

我要趁無人注意，
駕著輕風上飛；
那非為臨空遠眺，
也非想把時光追回。

只為問無上雲霓，
為何掩盡星月光輝，
使遙遠遙遠的輕雷，
震撼我今宵心碎。

一九四一，一二，一七，深夜。上海。

求恕

今夜我的伴侶：爐旁的狗，
籠中的百靈，竈下的花貓，
對著淡淡的月光，
都在為我虔誠地祈禱。

祈禱上帝給我翅膀，
讓我趁月夜飛跑。
因為我要飛出這悽涼的田園，
再不管水如何迢迢，山如何高。

我也許隨著飛蛾投火，
也許逆著溪流投飛瀑，

也許跟著海鳥，
沒入了滔滔的波濤。

我也許追著蜜蜂蝴蝶，
也許伴著雲雀鴻鵠，
還也許偕著流螢，
在潮溼的地上化作腐草。

請你莫拉我手臂，
莫牽我衣袍，
更莫為我黯淡的前途，
在大好的春光中煩惱。

這因為田園既非完好，
我的舊夢已老，
山上的綺麗繁華，
都不是我手植的花草。

那麼請恕我過去整天煩惱，
恕我無救的疲乏與衰老，
還請恕我寂寞的伴侶們，
在幽幽的月夜為我祈禱。

一九四一，一二，一四，深夜。上海。

憂鬱的詩篇

我奇怪你竟會遺忘，
我曾有多少歌對你讚美，
讚美你靈魂的純潔、
美麗與你心地的高貴。

為我們在柳下、牆邊、路角，
蹉跎過許多殘缺的約會，
因此這短促的青春，
就失去了應有的光輝。

於是我惆悵、黯淡、寂寞，
再不敢在園裡種玫瑰，

因為你曾經把此花送我，
早已在我笥篋裡憔悴。

近處有我們的愛，
遠處是我們的罪，
如今聽憑我剩餘的情感，
留在月光下懺悔。

所以我再想不起什麼歌，
可以對現在的你讚美，
我只有憂鬱的詩篇，
怕永遠要引起你的淚。

一九四一，一一，二九，深夜。上海。

小橋

人在橋上，
月在柳梢，
船頭船尾，
曾留下多少愛嬌？

帕兒輕搖，
臉兒淺笑，
有多少情愛，
曾叫我心跳？

花萬簇，
酒千瓢，

我載過多少風光，
過此小橋？

槳紋起處，
水底浮沉過多少歡笑；
如今唯五更殘宵，
浮起一聲夜鳥。

船頭無花，
船尾無笑，
月在雲霄，
人更縹緲。

水流迢迢，
舟行悄悄，
我載著殘星數點，
過此小橋。

一九四一，一二，一七，深夜，上海。

秋郊

哪裡可許來雁安睡，
無處留青草尚碧，
殘荷已被夜霜敲碎，
岸邊有秋風伴著落葉。

群雀在野地尋食，
竟不帶我一聲羌笛，
秋日的黃昏本已夠黯淡，
今天的心境因此更岑寂。

昨夜有秋雨敲門。
喚起了多少旅人淚滴，

那麼我願今宵，江畔的紅楓，
到夢中化作春天的蝴蝶。

一九四一，一一，八，深夜。上海。

我們的夢

院子裡狗叫，
屋脊上貓啼，
床底下鼠吱吱，
隔牆外噪著老雄雞。

你在床上伸個懶腰，
對這些似乎都沒有聽見，
接著你哈哈大笑，
笑完了又想睡眠。

馬路上人頭多似過江鯽，
鋪子裡女子擠如桑上蠶，

這些我都不說，
我只說小丘上已結滿了草莓。

草莓的顏色千萬種，
哪一種你最歡喜？
那面有我們的夢，
你為何在這裡打呵欠。

一九三九，三，八。上海。

淒風

東風吹走我過去事，
西風吹走我未來夢，
今宵淒淒的五更風，
又把我心事吹得無影無蹤。

多年來我在床上靜臥，
總漫訴我心底憂鬱，
但今夜我知道我該沉默，
來諦聽流星在雲外流落。

如真是無人有權
把所有的夢幻點化成真，

把嚴冬點化成春，
再把人間的悲劇點化成幸運——

那麼我願月光燒滅我軀殼，
願星光燒毀我心，
還願我窗下燈光，
燒掉我寂寞的魂靈。

這樣我要變青煙上升，
在悽迷的雲霧中唱我輓歌，
把我今宵淡淡的哀愁，
都悄悄地瀉入天河。

一九四一，二，二〇，深夜。上海。

春愁

到底那裡有多少舊話，
叫春雨遍地亂灑，
把古舊的地土擾醒，
開遍了紅白野花。

為怕燕子從野地帶來花香，
我要請它莫歸舊梁，
因為舊巢裡本有許多春愁，
怕如今又要添一分惆悵。

如夜來還有彌天大謊，
說月兒投入池塘，

那我雖不愁魚兒驚醒，
可要擔憂初綠的浮萍愁黃。

一九四一，二，二〇，深夜。上海。

我在睡

不管是青青的山，還是綠綠的水，
不管是陰冷的土堆，
還是發光的蘆葦，
或者是雪花夾著梅花，
紅白的瓣兒在我頭上飛，
我要睡，我要沉沉地睡。

我要睡到東隴上日落，
西塚上月圓，我還要睡到
星星兒一顆顆隕落，
細雨兒灑上帶暈的朝輝。

西岸的賭徒呼盧著來，
東岸的酒鬼搖擺著歸，
還有籬落邊的雞唱，
狗兒對著腳步聲狂吠，
但我不理會，我在睡，
我在沉沉地睡。

於是街頭哄聚著人堆，
酒館裡響亮著酒杯，
還有河埠上的人群爭買著
新鮮的魚兒一尾、兩尾，
但我不理會，我在睡，
我在發癡地睡。

一九四一，二，四，晨三刻。上海。

夜感

山寺裡像有僧在敲鐘，
大海中似有舟子在吹號筒，
但是我只在冷落的岡頭，
諦聽舊識的松風。

世上已沒有一句聰敏話，
再可以使我相信，
也沒有一個甜夢，
可以讓我做到天明。

那麼還有誰會使我著魔，
誰會使我瘋？

誰的心底還有低低的睡歌，
可以催我入夢？

所以我在等待明月，
等它喚起我的影子，
伴我到前生的墓畔，
訪尋我過去的死屍。

一九四一，八，一六，夜。上海。

床上

我從五更時候醒來，
問黃昏是否還在？
春虹已在天外流落，
我要等蛙聲起來。

但蛙聲起來春已老，
滿地的落花有誰掃？
如再期待杜鵑催促，
我怕蟋蟀已啼枯了秋草。

這樣我要望淡月在雲層裡徘徊，
看我已逝的青春是否還在？

它曾在悽迷的月光中流落，
也許留在悠悠的天河中往返。

但煙霧中有雲雀啼破清曉，
月兒就在灰雲中消失，
於是再無人會知曉，
天河中會有我青春歸來。

我乃把床鋪當作墳墓，
讓我軀殼在被中掩埋，
於是我靈魂要伴著秋霧，
在茫茫的大氣中消散。

一九四一，三，一〇，深夜。上海。

對窗吟

請你暫充畫幅的框子吧，
讓藍天鑲上新月，
全宇宙只有寒梅未睡，
她對著月光嘆息。

一九四一，二，一三，深夜。上海。

蹊蹺

我緊緊地閉著眼，
讓心怦怦地跳，
這蹊蹺的夜晚，
到底有誰知曉？

怪風聲雨聲，
怪窗下芭蕉，
還是怪枕邊的淚，
冷得我整夜心跳？

問天國的消息如何，
只有月兒也許知曉，

但今夜它偏躲著，
讓我睡不著覺。

所以這不關枕邊淚冷，
也不關風雨芭蕉，
只因月兒躲起，
所以我整夜心跳。

我聽憑鄰人路人，
暗暗地對我冷笑，
但我相信你一定知道，
這夜晚為何這樣蹊蹺。

一九四一，一二，三，深夜改舊作。上海。

旅遇

黃昏的霧中，
田野裡我躑躅著，
沒有人問過我是誰，
我是無家可歸的旅客。

在這圓形的地球上，
茫茫的行程沒有歸宿，
於是這悽涼的路途，
我永遠要獨自摸索。

農夫負著犁鋤，
牧童領著倦工的牛犢，

煙囪上的煙正濃，
爐竈上的飯該熟。

鳥鵲歸巢了，
蛇進了殘缺的墓廓，
還有倦遊的野鴨，
已就附近的葦叢投宿。

炊煙已經消逝，
暮霞也歸去安息，
風掩著滿野的花草，
輕呼著入睡的嘆息。

可是板橋的盡頭，
竟有扶杖的人在摸索，
他吹著盲卜者的簫，
倍增了春晚的落寞。

在夜的濃霧中，
田野裡他緩踱著，
我想追去伴他，
想他也是無家的旅客。

但他已走進林間，
綠葉裡是一所小屋，
我看見有童子歡叫：
「爸，你回來了？媽正在燒粥。」

一九三七，八，六。倫敦。

倦郵

我看見雲聚，
也看見雲散，
雲凝成了凍，
雲散作了鱗瓣。

我等到雲濃，
也等到雲淡，
東方的雲紅了，
西方閃起金黃的斑斕。

雲於是對我幻作海，
又堆成千層萬層的山，

那二十世的飛郵，
　會同古代的雁一般懶。
於是灰淡的雲層我想作你紙，
蕭蕭的雨絲想作你字，
隔著這雲海與雲山，
濃淡的雲霓都是相思。

一九三七，一一，六。巴黎。

夜醒

可是幼年時候的罪，
化作了枕上的淚？
在這聲聲的更鼓裡，
我竟怕再孤零地入睡。

我後悔未把當初的笑容，
編成了纏綿的歌曲；
不然在今宵的夢中，
我可以幽幽地誦讀。

幾年來的故人的零落，
山鄉中平添了多少墓碑？

還有多少的征人，
在關山外征戰未歸？

是寂寞伴著螢光，
輕敲我床前的霧窗；
那麼難道我舊識的星月，
也飄在太陽系外流浪？

一九四一，一〇，二一，深夜。上海。

遁辭

我寂寞，在靜悄悄的夜裡。
我像是殘落了的花瓣，
在黑泥的冰凍中抖索；
我像是水蛇所遺棄的殘衣，
在荊棘叢中寥落。

這時候有誰知道我苦，
有誰知道我心底的哀愁，
還有誰知道悠悠的長夜
有沉重的悶封在我的心口。

我要飛，要跑，要走，
我要拋棄我的家，

拋棄我塵世的衣履，
我要上升，駕著霧上升，
升到茫茫的天邊，
挽著彎彎的新月唱歌，
把我心底的淡淡哀愁，
悄悄地瀉入天河。

那麼且許我把我的熱情收藏，
把我院裡的落花埋葬，
把我桌上的玻璃缸打破，
讓金魚放入了池塘。
再會了，那麼，朋友，再會！
但請記取鋼琴上的灰，
窗櫺間書架間的蛛網，
但最要緊是花瓶裡的寒梅，
我怕她會對著星光憔悴。

一九四一，二，一三，夜。上海。

夢

有人怪我懶惰，
有人說我罪過，
青春在嘆中消逝，
歲月在悔中蹉跎。

還有人在我窗前走過，
說我昨宵酒醉，
紅蠟燭點到天明，
把古今的名畫都燒毀。

其實我一夜未歸，
在海灘上面獨坐，

靜守那東岸的星，
在五更時渡過天河。

那麼你要說我常癡，
或者說我已瘋，
其實我只是糊塗，
把生命交給了夢。

一九四一，二，四，晨四時。上海。

蹉跎

我聽夠了杜鵑訴苦，
又聽飽抱怨的鷓鴣，
如今我又在這鄉村的夜裡，
聽著一聲聲的更鼓。

青草上閃著夜霜，
空氣中都是煙霧，
天邊幸有一縷月光，
照出那殘碣邊的野渡。

我乃到渡頭靜坐，
等天亮時候渡河，

但這時已經疲倦，
最怕再有人低唱睡歌。

如果有夜鳥要唱，
請唱我已忘的兒歌，
因為那裡有我的青春，
在它每個音節上面蹉跎。

一九四一，一，二七，一時。上海。

低訴

今天我疲倦，我要休息，
在筋肉鬆弛中求一分安靜，
所以我躺在你芬芳的懷裡，
像孩提偎依著母親，
閉上惺忪的睡眼，
來諦聽寂寞的漏夜，
怎麼樣在無限的時間中浮沉，
消逝，消逝得沒有一點聲音。

但是我怕，我怕露，怕風，
還怕蕭蕭的細雨
打著院內的芭蕉，
與院外的野竹與梧桐。

因為這會使我在疲倦中，
想到各種熟識的面孔，
浮著獰惡奸猾的表情，
用各種不同的喉嚨，
低呼我久棄姓名，
誘我在輪船火車的吼聲裡，
消磨了我生命中
多少次的葉綠花紅。

那麼，請你緊抱著我，
用你的溫存沖洗我，
像海潮沖洗沙灘的腳印，
使我的記憶，隨著片片槳聲，
從河面蕩開，在煙霧中消失，
流落在白雲深處浮沉。
於是我在這虛無的夜色中，
看到幽幽的溪流，
綠油油的野草與青菜，

以及平靜的湖水與燦爛的柳岸，
還有淡淡的夢境，
顛簸著黑黝黝的雲海。

這樣，請讓我把手指
按著你的嘴唇，
讓我的耳朵同你的貼緊，
請再讓我把疲倦的臉，
埋在你馥郁的叢髮間，
閉著惺忪的睡眼，
來諦聽寂寞的漏夜，
怎麼樣在無限的時間中浮沉，
消逝，消逝得沒有一點聲音。

一九四一，二，二六，夜。上海。

窗外

街樹依著短牆，
癡望著路燈惆悵，
青草仰臥在地上抖索，
戀念那已歸的夕陽。

風聲纏著麻將，
霉臭夾著粉香，
無線電播著醜陋的歌曲，
還混著零亂的算盤響。

有女丐抱著熟睡的孩子，
顫戰著到紅牆邊投宿，

牆上的煙囪有爐煙正濃，
想是屋裡的爐火已熱遍了牆腳。

這時候我正寂寞，
希望這地球變個花樣。
可是紅牆裡又鬧著孩子哭，
那麼他也並不願在這世上生長？

一九四一，一〇，二〇，深夜。上海。

相信

你已經叫我信春天裡花開，
信秋天裡葉綠，
還叫我信蝙蝠的夜歌，
唱一顆淺藍的星兒在天河裡零落。

你還叫我信今天的雲碎霞落，
昨夜的鶯啼鴉哭，
還叫我信一隻孤雁在黑夜裡摸索，
問傍晚時分天虹的下落。

你早已使我相信我在，
你也已使我相信你來，

你還使我信你廊下的耳語，
說你畫幅裡的花蕾已開。

那麼你難道還叫我
相信風，相信雨，
相信長年的積雪在蒼蒼的
月光中化作白鶴飛去。

一九四〇，三，九。上海。

失魂之歌

你在我熟睡之中，
不在我心中跳躍，
不在我腦裡蠕動；
那麼你也該想到
被中的熱情尚暖，
與枕邊情話的溫存，
以及纏綿的羅帶
在床欄上還繫留著
昨宵的殘夢。
否則你也該看到，
正紅的爐火照著殘杯，
那裡蕩漾著許多微笑的影子，
與各種頰上的紅輝。

那麼難道有誰？誰？
是過路的雁啼，
還是窗外的寒梅？
他叫你去看灰色的月光下
你自己影子的嬌美。
要是不，那麼你一定發瘋，
輕信我夢中的囈語，
冒著寒冷的朔風，
飛到天空，採五更的殘星，
填補我心底的漏縫。

一九四一，二，四，晨半時。上海。

似聞簫聲

窗簾飄著悠悠的別離，
樹梢揚著淡淡的哀愁，
夜雨在你簾下留戀，
殘秋在你衣袖裡嘆息。

貓兒在床前期待，
但這樣的天氣哪裡來月？
燭光下沒有人影，
還有誰肯管那籬下的殘菊。

昭君抱著琵琶遠去，
空剩了關山漆黑，

但深夜竟有洞簫聲飛來，
把離人的兩鬢點白！

一九四一，二，一三，夜。上海。

秋雨

我怕聽門外的溪聲——
它永遠載著鷓鴣的長恨，
杜鵑的哀怨，
還有山心裡的抑鬱與苦悶。

可是秋？白天來過風，
夜裡又下雨，
那麼這一天中會有多少花瓣，
要隨著這流水東去？

如真有傳說裡的花魂，
希望今夜的雨點中，

她會在我白色的紙窗上
灑上她斑斑的淚痕。

那麼我就會知道：那過去
鷓鴣哭的是她的長恨，
杜鵑啼的是她的哀愁，
還有她的淚就是今夜的雨。

一九四一，一〇，二一，深夜。上海。

茫茫夜

今夜天邊的星星過分閃耀，
因此再關不住那宇宙的奧妙，
是誰的心兒在那裡亂跳，
把三更夜的寂寞化得靜悄悄。

往日長安道上有多少風情，
在今朝的夢中可存一絲歡笑？
唯明月在雲端長記，
茫茫的人世都是寂寥。

這時有誰肯在死寂中吐一聲長嘯，
——流雁呢，夜鷺，還是鴟鴞？

我記得西鄰的籬下有雄雞，
那麼他為何不趕早啼破那春曉？

一九四一，二，二三，夜。上海。

塵世

我從寂寞的天堂下來，
想進無底的地獄，
但是我從人間走過，
所以在塵世中留宿。

有人告訴我塵世的繁華，
但我竟什麼都不知道，
花花斑斑的點綴我都不愛好，
我獨愛人世間有生有老。

請你莫誇耀馬路上的熱鬧，
我聽人們都嚷著「爛泥膏藥」，

還有山野裡僧尼的祈禱，
千篇一律是「阿彌陀佛」。

至於人世間有酒都不如苦茶，
有兩性的美麗都不如花木，
還有全森林忙的都是烏鴉，
天下的烏鴉竟會一般黑。

一九四一，二，一三，夜。上海。

山路

月兒照著樹林，
樹影如遍地落葉，
偶爾有微風吹來，
青草發著嘆息。

萬里路只走一半，
我已感到腿疼，
汗流滿了胸背，
口中的氣亂喘。

流水在溪中潺潺，
它唱的是古老歌曲，

也許想從此流盡
那埋在山心的憂鬱。

荊莽把我皮膚劃碎，
山岩將我衣衫弄亂，
我頭髮散了不理，
鞋子破了不管。

因為我在聽鬼魂嘀嘟，
我在聽山魈歌唱，
還在聽鴟鴞對著煙霧，
冷笑我這陌生的旅人瘋狂。

其實我只因心底痛苦，
所以走這無盡無盡的山路，
原想知道一點天國消息，
但天國的消息竟越來越糊塗。

一九四一，二，二一，下午。上海。

徐訏文集・新詩卷4　PG2683

進香集

作　　者　徐　訏
責任編輯　陳彥儒
圖文排版　陳彥妏
封面設計　王嵩賀

出版策劃　釀出版
製作發行　秀威資訊科技股份有限公司
114 台北市內湖區瑞光路76巷65號1樓
電話：+886-2-2796-3638　傳真：+886-2-2796-1377
服務信箱：service@showwe.com.tw
http://www.showwe.com.tw
郵政劃撥　19563868　戶名：秀威資訊科技股份有限公司
展售門市　國家書店【松江門市】
104 台北市中山區松江路209號1樓
電話：+886-2-2518-0207　傳真：+886-2-2518-0778
網路訂購　秀威網路書店：https://store.showwe.tw
國家網路書店：https://www.govbooks.com.tw
法律顧問　毛國樑　律師
總 經 銷　聯合發行股份有限公司
231新北市新店區寶橋路235巷6弄6號4F
電話：+886-2-2917-8022　傳真：+886-2-2915-6275

出版日期　2021年12月　BOD一版
定　　價　220元

讀者回函卡

Printed in Taiwan

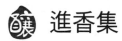

國家圖書館出版品預行編目

進香集/徐訏著. -- 一版. -- 臺北市 : 釀出版,
2021.12
面； 公分. -- (徐訏文集. 新詩卷 ; 4)
BOD版
ISBN 978-986-445-560-7(平裝)

851.487 110018236